구름은 울 준비가 되었다

구름은 울 준비가 되었다

박은영

실천문학

제 1 부

제 2 부

제3부

제 4 부

제
1
부

백수 현상白水現象

수압이 높은 동네에서 삽니다

웃풍이 부는 방, 작은 기포들로 만든 꿈은 아침이 되면 사라져 버리죠 뜨물을 받아 세수합니다 우윳빛 피부를 가진 친구는 일자리를 구했습니다 어떤 화장품을 쓰는지 물어봤는데 밤마다 애인이 만들어 준다고 합니다 자기는 없고 소개서만 쌓이는 현상, 늙은 면접관들 앞에서 머릿속은 하얘집니다 냉수를 마시고 속을 차린 어젠, 정수기가 나보다 쓸모 있다는 것을 알았고 뜨겁거나 차갑지 않은 이력을 가진 오늘은 직수로 놀고 있습니다

하품을 합니다

또 다시 맑은 아침입니다

옥수동

키가 한 뼘씩 웃자랐다

구름 밑의 옥수수처럼 껍질을 벗고 죽은 살을 뜯어먹으면
말을 더듬는 혀끝에 단맛이 돌았다

혼자가 아니었다
알알이 많은 내가 어제도, 이번 정거장에도
유통기한이 넘은 깡통 속에도 있었다
때론 조조할인 영화를 본 날은
이유 없이 나를 부풀리기도 했다
겨드랑이와 가랑이 사이가 간지러워 실실 웃다가도
틀니를 낀 노인이 지나가면
입을 다물었다

나는 누구의 잇몸에서 빠져나왔을까
가끔 유치한 상상을 했다

영구치도 영원하지 않고

바람이 검은 안경을 쓰고 하모니카를 부는 동네

어금니가 닳도록 치열하게 살아도

붓고 시리고 흔들리는 길에서 벗어날 수 없었다

자꾸 뭔가가 끼었고

속살을 깨무는 버릇이 생겼다

구름을 덮으면

죽은 동생이 이갈이를 하며 사카린을 뿌렸다

지붕이 자라는 밤이었다

저녁 없는 삶

작업은 끝이 없었다 기계처럼 움직여 잔업을 마치면 야
근이 기다리고 회식이 잡혔다 공휴일은 등산복을 입고 출
근하거나 체육복을 입고 퇴근했다

설명서가 없는 삶이었다

주름보다 먼저 두통이 왔고 구두 굽보다 먼저 발꿈치
가 닳았으며 나보다 먼저 입사 동기가 승진을 했다 지하
철에 빈자리가 생기면 보상을 받는 듯도 했다 그 작은 의
미를 던져주며 누군가 나를 조종하고 있는 것 같았다 밤
은 짧고 낮은 길다는 것밖에 달리 설명할 길이 없었다

부품 하나가 없어도 움직이는 기계처럼,

세상은 돌아갔다

저녁 없이도 돌아가고 있다는 게 놀라웠다

달동네

한여름의 골목,

비 소식이 있었지만 손님은 오지 않았다

비처럼 마른 아이가 제 키만 한 우산을 가지고 층계를 내려가는 이 풍진세상風塵世上, 선풍기 바람이 뜨거웠다 새 신자 전도용으로 받은 화초는 여름이 오기 전에 말라 죽었고 화분의 흙은 가벼워졌다 그날의 날씨에 따라 저울 눈금은 무게를 달리 측정했다

빈 쟁반,

먹을 게 없어 국수를 삶았다 햇빛을 등지고 우려낸 멸치를 길고양이에게 주었다 멸치 똥이 말라가는 달동네, 달은 신도시의 소유, 분리수거함에서 주워온 플라스틱 컵에 조화를 꽂아두었다

수도세 독촉장이 나왔다

에어캡

이것은 모양으로만 존재하는 바람이다

세상을 호령하던 소리는 사라지고
허풍으로 남은 허깨비들
개구리의 볼처럼 부풀어 올랐던 청춘이
여기 있다

장난으로 던진 돌멩이에 맞아 죽은 개구리처럼 억울한
표정으로 살았다 언젠가는 한 방 크게 터질 날이 올 거라며
두 볼을 부풀려보지만 무섭게 눈알만 튀어나오는 것이다

점자를 더듬어가듯
어렴풋이 자식을 떠올리는 요양원 노인들
파손주의, 경고문이 붙은 오후
원래는 착한 애야,
깨질세라 올록볼록 감싸줄 뿐이고

어메이징 그레이스

뉴기니섬 다니족 여인은

친족이 죽으면 제 손가락 마디를 자른다

몸의 한 마디를 잘라냄으로써 슬픔에 동참하고

상처가 아물면

자른 마디를 이어 붙여 돌림노래를 부른다

결국, 성한 손가락은 남지 않게 되는

지독한 생의 레퍼토리

오금행 열차 안이다

한 여자가 잘린 손가락 마디로 연주를 한다

프레스에 절단됐다는,

글귀 적힌 악보가 사람들 눈으로 전조되고

마디 없는 손이 음표를 단다

어메이징 그레이스는 놀라운 노래가 아니다

사방이 놀라운 일투성이라

슬픔을 환승역으로 둔 이들은

노래를 돌려 부르지 않는다

종점은 가까워 오는데
그녀의 선율을 오선지에 옮겨줄 손은
어느 칸에 있을까
몸의 온 마디를 잘라내도 죽순처럼 돋아나고
한 계절을 차지할 슬픔의 길이

뉴기니섬 다니족 여인을 태운
오금행 열차가 절정의 구간을 지나간다
지네가 손가락을 휘감고 기어가는 듯
오금 저리는 밤

별 하나가 못갖춘마디를 뚫고 나온다

모자이크

모자 가정이 되었다

정권이 바뀌고 수급비가 끊기자

국밥 한 그릇 사 먹을 돈이 없었다

아홉 살 아이는 식탐이 많았다

24시간 행복포차식당에서 두루치기로 일을 하고

눈만 붙였다가

등만 붙였다가

엉덩이만 붙였다가, 부업을 했다

아이가 손톱을 물어뜯을 땐

국밥 먹고 싶다는 말이 나올까봐

야단을 쳤다

반쪽짜리 해를 보며 침을 삼키던 아이는

일찍 침묵하는 법을 배웠다

찢어진 날들을 붙이면 어떤 계절이 될까

내가 있는 곳은

멀리서 보면 그림이 된다고 했지만
밀린 인형 눈알을 붙이며 가까이 보았다
초점이 맞지 않아 희부옇게 보이는 내일,
아이의 슬픔이 가려지고
조각조각, 조각조각
깍두기 먹는 소리가 들렸다

구멍을 감추고

상주 근무를 했다
발꿈치가 서늘하게 그리운 날이 있다
하나의 문으로 들어가기 위해
둥글게 살았다
거울을 보며 하품 참는 연습을 하고
상사의 마음을 사로잡는 백한 가지 대화법을 읽거나
정수리가 뜨거워지면 숫자 열을 세었다
저녁은 도넛, 돈 나올 구멍은 없고
매달 십오 일이면 새어 나가는 게 많았다
허리둘레가 늘었고 돌려 막기를 했다
양말을 꿰매다가
낙타가 바늘구멍으로 들어가는 것을 본 날은
작은 바늘을 물려받은 것을 원망했다
내가 가진 바늘로는
기름에 찌든 끼니를 먹고
손가락을 따는 일밖에 할 수 없었다
구멍의 시작, 돌반지를 팔고

담배 연기로 도넛을 만들어 쏘아 올렸다
마이너스 통장엔 동그라미가 하나 더 생기고
자동 이체로 빠져나가는 보름
저 밤하늘도 구멍 난 양말을 신었다
발꿈치가 환하다

폐기물 집하장 가는 길

새벽 구로공단,
폐기물 쓰레기차가 녹슨 어둠을 수거한다
늙고 병들고 무능한 고철 덩이들
며칠 전 신발 공장 구 기계도 저 차에 올랐는데
가오리*등에 업혀 날아오르려는 꿈이 있었다지
나는 법을 잊어버린 가오리와 함께
오랜 세월 바닥을 누비고
그 딱딱한 등에서
길잡이 새벽별을 보며 또 하루를 견뎌 냈었다지
쓸모없는 이름이 되어 후미진 곳에 버려진 것들
집으로 가기엔 너무 먼 밤이면
가오리와 제2공단 사이 여인숙에서 쇳소리를 내며
제 살 깊숙이 기름칠을 하던 폐기물들
치워 낸 바닥에서 낯선 기계음이 들린다
제 자리를 내어준 고철들이

---

* 가리봉 오거리.

녹물을 떨어뜨리며 공단을 빠져나가는 시각
모든 길은 한곳으로 모여 매립 처리되고
다시 재생된 길은
새벽별을 따라 구로공단으로 향하는 것이다
하얀 기물器物이 쏟아져 내려 오그라드는 겨울
아버지와 오빠와 형과 누이를 만나도
녹이 슬어 알아볼 수 없는 길
가오리가 눈을 뜬다

번 아웃 신드롬

평화슈퍼마켓 옥상 빨랫줄,
붉은 삼각팬티가 오후를 버티고 있다

한 가지 일에 몰두하던 태양의 계절
저 아래 깊은 곳에서부터 조여 올라오는
허물 한 장의 효능으로
여름은 붉고 매미의 울음은 탄력이 있었다
몇 번의 밤이 자세를 바꿔도
음은 늘어나지 않고
골목의 맨살에 달라붙어 있었는데
신축성 있는 날들은 가고
부르지 못한 후렴은
재개발 철거반을 몰고 올 바람의 몫이다

허물을 남기고 사라진 슈퍼맨
그가 한 세계를 지켜낼 수 있었던 건
저 손바닥만 한 팬티 때문이었는지도 모른다

구해준 이름이 빼곡히 적힌 외상장부가
유물이 되어 묻힐 골목
이제는 사각으로 갈아입어야 할 때
평화 위로 떠올랐던 태양이
걸음을 당긴다

나타났다 사라질 붉은 망토의 시간
빨랫줄에 걸린 불씨 한 점이
서녘으로 옮겨 붙는다

모태 신앙

신림동 옥탑방,

까치발을 하면 하늘이 닿을 듯 정수리가 뜨거웠다

어머니는 왜 이곳에 둥지를 지었나요

주둥이가 뾰족해진 새벽

닭이 울기 전 집을 나왔다

세상은 놀라웠다

날마다 이적과 기사가 일어나는 곳이었다

거지가 진실로 부자였다는 것과

내가 머문 모든 곳이 베다니*라는 것

원수는 어깨를 스친 골목에 숨어 있거나

한 이불을 덮고 있다는 것을 목도하였을 때

어머니의 무릎을 의심하였다

내려가는 계단

발을 헛디딜까봐 심장이 뛰었다

조심조심 살아야 했다

---

* 베다니(Bethany): '번민하는 자', '가난한 자의 집', '고통의 집', '슬픔의 집'이라는 뜻을 지닌 히브리어.

그러나 일용한 양식을 먹고 살 수 있다는 게
간증이 될 것 같았다 일요일과 주일 사이,
누군가에게 발꿈치를 물리면
주기도문을 외우며 죽은 척 하기도 하였다
발바닥의 군은살을 벗기며
까치처럼 울기도 하였던 것이다

브라자

촌스러운 소재의 이름이다 그 흔한 꽃무늬는 없지만 도청광장의 깃발이 되어 날려도 아무렇지 않을, 함성을 따라 흔들리는 바람의 무덤이다 지금은 텅 비었으나 버리지 못하는,

해질 때까지 떨어지지 않고 삶을 지탱한 질긴 끈의

낙하산,

엄마는 늘 비상사태로 살았다

이글 아이Eagle Eye

나는 오른팔이 발달된 타자,

슬픈 일이 많아 야구장 매표소에서 일을 했다

해는 뜬공처럼 날아오르고 오래 보고 있으면 눈이 시
큰거렸다 멀리 내다보는 일은 공이 담장을 넘어갈 때 하
는 것이라고 쪽창에 비친 눈주름이 이글거렸다

거스름돈을 내주듯 계절은 바뀌고 연장전 같은 날들, 때
론 맞아야 진루를 했고 밀어내기로 홈을 들어갈 수 있었
다 멀리 보라고 채근하던 시간은 돋보기 너머로 갔다 눈
을 크게 떠도 보이지 않는 공백

어디로 가고 있는가

작전처럼 바람이 불고 독수리가 오늘의 거리를 두고
서 날아올랐다 입장권을 구할 수 없는 먼 곳, 한쪽 눈을 가

리고 보는 아득한 날의 깨알 같은 일들

구름은 울 준비가 되었다

제
2
부

발코니의 시간

필리핀의 한 마을에선
암벽에 철심을 박아 관을 올려놓는 장례법이 있다
고인은
두 다리를 뻗고 허공의 난간에 몸을 맡긴다
이까짓 두려움쯤이야
살아있을 당시 이미 겪어낸 일이므로
무서워 떠는 모습을 찾아볼 수 없다
암벽을 오르던 바람이 관 뚜껑을 발로 차거나
철심을 휘어도
하얀 치아를 드러내며 그저 웃는다
평온한 경직,
아버지는 정년퇴직 후 발코니에서 화초를 키웠다
생은 난간에 기대어 서는 일
허공과 공허 사이
무수한 추락 앞에 내성이 생기는 일이라고
통유리 너머의 당신은 그저 웃는다
암벽 같은 등으로 아슬아슬 이우는 봄

붉은 시클라멘이 피었다

막다른 향기가

서녘의 난간을 오래 붙잡고 서있었다

발아래 아득한 소실점

천적으로부터 훼손당하는 일은 없겠다

하얀 유골 한 구가 바람의 멍든 발을 매만져 준다

해 저무는 발코니,

세상이 한눈에 보인다

이크티스

우리집 현관문엔 물고기 한 마리 살아요

생선 굽는 냄새가 진동하는 세상, 그 왼편엔 반 지하 방
이 있고 빈 그물을 쥐고 늙어가는 어부가 있죠

갈매기가 날아오르는 유속 빠른 골목, 그슬린 비늘에 울
음의 약자가 새겨져 있어요 어둠을 이겨낸 표식, 박해 받
은 흔적이 말속의 가시 뼈로 남았지만 경골어는 길을 잃거
나 풍랑 앞에서 눈을 감지 않았습니다

어두운 물살을 갈라 막다른 섬으로 유영하는 활어들,
재 묻은 지느러미를 살랑거리며 처소마다 불을 밝혀요

그것은 살아있다는 증거,

왼편으로 던진 그물을 통증처럼 품은 밤, 비리고 굶은 냄
새가 방안의 해류를 타고 떠돌아요 언젠가는 그물을 오른

편으로 던질 날이, 어둠이 스며들 수 없는 환한 방에서 비
늘을 반짝거릴 날이 오겠죠

이곳은 카타콤베

물고기가 달빛 위를 튀어 오릅니다

북촌리*의 봄

한 여인의 젖을 아이가 빨고 있었다

말 못하는 어린 것의 울음이 서모**에서 부는 바람 소리
같았다

핏덩이를 등에 업은 어미의 자장가가 들리는 듯한데

젖몸살을 앓던 아침, 붉은 비린내가 퉁퉁 불어 마을을
떠돌아다녔다 새들이 총소리를 물고 둥지로 날아갔다 소
란스런 포란의 방향, 꽃을 내준 가지가 동쪽으로 기울었다

그것은 서쪽에서 해가 뜰 일

서모에서 부는 바람 소리가 말 못하는 어린 것의 울음
같았다

---

* 　제주 4·3사건의 집단 학살지
** 　서우봉

뚝뚝, 지는 목숨들 사이

아이는 나오지 않는 젖을 한사코 빨아대고 있었다

어미를 살려내려는 필사적인 몸부림,

그 힘으로 동백꽃이 피고

젖 먹던 힘을 다해 봄이 오고 있었다

데린쿠유

주소 없는 집이었다 전도지와 편지와 초승달은 치킨집으로 배달되었다 나는 빚진 자의 자식처럼 소리 없이 웃으며 신앙을 키웠다 참는 거와 견디는 거는 다른 말이었다 주소를 가지려면 단단한 벽이 있어야 한다 일기를 쓰다가 연필로 구멍을 뚫었다 한쪽 눈을 감으면 세상이 달라 보였다 튀긴 닭들은 새벽에 울지 않았고 나는 새 번역 주기도문을 외우지 못했다 방석의 시대로 돌아가려면 많은 방들을 지나가야 한단다 골다공증에 걸린 엄마의 무릎에서 기름방울 같은 빈방들이 떠올랐다

주소 없는 지하도시,

나는 눈물이 고이도록 오래 숨어 있었다

모눈종이

나는 한 칸으로 눈을 떴다

일흔두 칸을 검게 칠한 할머니의 눈이 오목했다

허말라야인들은 첫 칸과 마지막 칸, 딱 두 번 초를 켠
다는데 나는 한 칸에 한 번씩 생일 초를 켰다 고깔모자
를 쓴 엄마가 캄캄한 창문에서 불쑥 튀어나왔다 공포는 여
러 모양으로 나타나곤 했지만 그건 모두 네모 안의 일

또, 사각팬티야?

선물상자를 머리에 뒤집어썼다 할머니의 눈에서 네
모 난 바람이 불었다 말을 하지 않아도 같은 간격의 말
이 빠져나왔다 먹구름 낀 거리, 미움과 마음 사이의 미음
을 생각하며 보도블록을 걸었다 혼자서 금을 밟으면 죽
는 놀이를 했다

어느 칸에선가 하늘이 파랬다

보수동 골목

절판된 길을 읽습니다
읽다가 접어놓은 흔적으로 두툼한 한 권,
로맨스 소설이고 싶었으나
그의 생은 고딕체
딱딱한 문장으로 나열되었습니다
최초의 독자는 글을 읽을 줄 몰랐다죠
한 단락 안에서 줄거리 없이 살다
장문의 봄,
별이 되어 각주로 매달렸다죠
겉장의 시대를 지우고 수명을 다한 날들이
좁은 장지에 몸을 눕니다
변하지 않는 자세로 바닥에 깔린 역사서
구겨진 가슴이 기운 세계를 받치고 있습니다
부록 같은 자식들은 곁을 떠나고 없지만
책장 어디쯤 민들레 한 송이 피어 있을,
저 두꺼운 몸을 빼내면
지구 한 귀퉁이가 무너져 버릴지도

양장의 날개를 펼친 책들이 페이지를 벗어나
어느 문맹의 별을 반짝일지도 모릅니다
어깨 접힌 골목에 밑줄을 긋는
저녁의 행간
늙은 개척자의 목차에서 길을 찾던 바람이
한 장, 보수동을 넘깁니다

마포대교

젖몸살을 하는 밤이다
다리 위엔 자살을 꿈꾸며 늙어가는 가출 소녀들
태동을 하는 뱃속의 아이를 산통 없이
멍든 다리 밑에 버린다

제발, 주워 가 주세요
유서 한 장 쥐고 세상 밖으로 나온 아이는
제 스스로 차가운 다리를 올라가야 한다
열 달 동안 손아귀 힘을 기른 등반가,
희박한 미래를 올려다보며
어둔 교각을 기어오르다
담뱃불을 붙이는 어미의 눈과 마주친다

다리 길이만큼 가깝고도 먼 관계
아이는 당신의 발등을 밟고 어깨를 짓누르며
악착같이 기어오르겠지만
다리를 가진 삶에서 벗어날 수 없을 것이다

마포대교에 울려 퍼지는 저체온의 울음들
문구용 가위로 탯줄을 자르고
체리색 립 틴트로 태몽을 지운 철부지 소녀의
다리 밑에서

늙은 아이가
어둠을 파고들어 유두를 찾는다

추억의 방식

메모리얼 다이아몬드라고 아시나요

새로운 장례 문화인데요 유골에서 탄소를 추출하여 합
성다이아몬드를 만드는 거래요 탄소의 양을 따라 변하는
빛깔, 사람마다 고유한 색을 가지고 있대요

당신은 목걸이와 반지와 귀고리가 되어 삶의 일부로 살
아가는 거지요 잃어버리거나 도둑맞진 않을까 걱정을 시
키겠지만 밤하늘의 별을 따주겠다던 약속을 지킨 셈인
가요 한 인생이 보석으로 가공 되다니, 이 얼마나 아름답
고 슬픈 발상인가요

기억은 플라스틱이 아닙니다 당신이었는지 알아
볼 수 없도록 썩어서 산천의 양분이 되고 이천 원짜리 화
분 속 마사토가 되어 꽃으로 다녀가야 해요 오늘 피었
다 지는 들풀처럼

생의 순환은 잊어야할 때 잊어주는 것

당신은 빛났습니다,

한 줄의 일기로 남는 거예요

포스트 모템*

데니스 닐슨은
시체와 동거를 한 연쇄 살인마입니다

나는 외롭지 않지만
사람을 미치게 만드는 재주가 있어요
잠이 많습니다
짐은 많지 않으니까 방은 크지 않아도 괜찮아요
당신은 잠든 나를 일으켜 세우려고
고군분투를 합니다
뼈대를 세울 특수한 장치가 필요하거든요
깨어 있는 것처럼 보이려면
아름다운 옷과 구두, 화장은 필수죠

당신은 불만입니다
통나무를 안고 자는 것 같다며 실성을 해요

---

* Post-Mortem: 19세기 유럽에서 시작된 사후 사진. 고인을 추억하기
위해 산 사람처럼 포즈를 취하고 찍은 사진을 일컫는 말이다.

말랑말랑한 날이 올 텐데 그새를 못 참고
체외 사정을 합니다 때론
죽은 듯이 살고
사는 것 같이 살고 싶지만
우리는 사진을 찍을 때만 웃습니다

살아 있네
이 말을 듣고 싶은 건데 당신은 몰라요
어떤 포즈를 취해도 심장이 뛰지 않아요
끝내,
그의 친구의 연필을 훔칩니다
감긴 눈꺼풀에 검은 눈동자를 그릴 만큼
심이 진하거든요
심히 외로운 사람이거든요

뭘 해도 엽기적인 오늘입니다

장미의 습도

밤길을 다녔다

어둡고 습한 곳은 도움의 손길을 필요로 했다

마른하늘에 번쩍, 가시가 돋칠 때마다 전선에 걸린 모가
지들이 위태로워 보였다 그러나 해를 보는 날은 화장을 두
껍게 한 늙은 여배우의 편이 되기도 하였다 시들지 않으려
고 혈자리를 누른 일과 그물 스타킹으로 당신을 붙잡아 놓
은 일이 부끄럽기도 하였다

장마가 시작될 즈음

눈 속의 가시는 울어야 뽑힌다는 것을 알았다

내 몸의 가장 낮은 곳에서 방언을 듣던 밤들, 그 많은 눈
꺼풀을 감고 그 누구의 잠도 아닌 잠*을 자고 싶어서 붉

---

* 릴케의 묘비명.

은 발톱을 두 손으로 움켜쥐었다

루 살로메 루 살로메,

먹구름이 눈 밑으로 올라왔다

오 남매

파지 줍던 할머니가 죽었다

자식 놈들 키워 놔 봤자 암 소용없는겨. 빌어먹든 어쩌
든 염병 내 알 바 아녀.

연락 끊긴 자식들을 파지 사이 끼우고 고된 길을 끌던
할머니, 구겨진 걸음에 염을 한다 빈 리어카에서 내린 바
람이 창고 문을 여는 밤, 쏟아지는 파지들, 염장이가 진물
고인 발바닥을 닦아 낸다

거기,

옹송그려 박여있는

티눈 다섯 개

숨은그림찾기

학부모 모임 날,
아버지는 복잡한 그림을 몰고 왔다
아무도 찾아내지 못할 것 같았는데
친구들은 보자마자 어깨선에 숨겨둔 낫을 찾았고
바짓단에서 호미를 들춰냈다
삽, 괭이, 쇠스랑…하나씩 찾아낼 적마다
나는 손톱을 물어뜯었다
몇 해 전 양지 바른 뒷산에 엄마를 숨겼을 때처럼
때때로 예상을 뒤엎기도 하였다
산새 우는 밤이 덥수룩한 턱수염에서 나오고
나란히 선 아버지와 나 사이
녹슨 열쇠가 잠긴 기억을 열고 윤곽을 드러냈다
체육시간에 잃어버린 실내화 한 짝처럼
눈 씻고도 보이지 않는 화상畵像
뒷장의 아버지를 훔쳐보았다
동그라미로 표시된 왼쪽 가슴
셔츠 주머니 가장자리에 양초가 숨겨져 있었다

나는 어둡고 누추한 그림자 속으로 숨어 들어가

촛농을 떨어뜨렸다

귓바퀴에 웅크려 있던 새가 울부짖고

낮달이 희미하게 보이는 하굣길

아버지는 눈앞에 두고도

숨은 그림 하나를 찾아내지 못했다

열두 번째 얼굴

거울 앞에 섭니다
마지막 얼굴로 거울을 보는 당신은 누구신지
검은 뿔테안경을 써도 어색합니다
음각으로 파낸 주름이 깊어 웃을 땐 더욱 그러합니다
어디선가 본 듯한 인상인데 얼굴 두꺼운 세상,
코끝이 빨갛거나 살갗이 얇아지기 전
멍들거나 찢어지기 전에
새 얼굴로 바꿔줘야 합니다
번번이 교체 시기를 놓친 그는 노안으로 살았습니다
엘비스 프레슬리의 구레나룻이 있던 시절
그 면상으로 직장을 구하고 지금의 아내를 만났지만
오래 사용하진 못했습니다
몇 번의 야근과 각방으로 구레나룻은 사라지고
매력적인 날들은 조기 만료,
아홉 번째 얼굴부터는
표정을 들키지 않는 사항이 추가되었습니다
눈썹 문신 된 얼굴을 사용 중인 아내가

모나리자 미소를 덧칠하는 밤

그녀 몰래 숨겨둔 낡은 얼굴들을 꺼내 봅니다

큰아들이었다가 이웃집 남자였다가 퇴직한 아버지였다가

병든 노인이었던 그는

마지막 얼굴을 벗어놓습니다

눈도 코도 입도 없는 환한 동그라미

달이 뜹니다 거울 속 아이가

열두 개의 얼굴을 가지고 놉니다

제
3
부

인디고

빈티지 구제 옷가게,

물 빠진 청바지들이 행어에 걸려 있다

목숨보다 질긴 허물들

한때, 저 하의 속에는 살 연한 애벌레가 살았다

세상 모든 얼룩은 블루보다 옅은 색

짙푸른 배경을 가진 외침은 닳지 않았다

통 좁은 골목에서 걷어차이고 뒹굴고 밟힐 때면

멍드는 건 속살이었다

사랑과 명예와 이름을 잃고 돌아서던 밤과

태양을 좇아도 밝아오지 않던 정의와

기장이 길어 끌려가던

울분의 새벽을 블루 안쪽으로 감추고

질기게 버텨낸 것이다

인디고는

인내와 견디고의 합성어라는 생각이 문득 들 때

애벌레들은 청춘의 옷을 벗어야 한다

질긴 허물을 찢고 맨살을 드러내는 각선의 방식

청바지가 잘 어울리는 여대생들이
세상을 물들이며 흘러가는 저녁의 밑단
빈티지 가게는
어둠을 늘려 찢어진 역사를 수선하고
물 빠진 허물, 그 속에 살았던 푸른 몸은
에덴의 동쪽으로 가고 있을까
청바지 무릎이 주먹 모양으로 튀어나와 있다
한 시대를 개척한 흔적이다

모자의 완성

무거운 모자가 걸어갑니다

모자의 무게는 코끼리 한 마리를 더한 값
태평양을 건너갈 뱃삯을 구할 때까지
모자의 위장은 만삭,
배부른 모자는
먹이의 태동을 겪어내야 합니다

간혹, 뒤집어진 풍뎅이처럼
버둥거리는 모자를 만날 때가 있습니다
위장의 깊이만큼 허기가 도는 세계
가난한 모자는
부자가 될 수 없으므로 태몽을 꿉니다
봉분이 될 때까지
운명을 눌러쓰는 법을 터득해야 합니다

그늘을 분비하며,

한 몸이 되어 걸어가는 보아뱀과 코끼리
머리의 위치가 달라 서로 다른 곳을 바라보지만
무겁게 눌러쓴 길을 밀고 당기는 사이
모든 먹이사슬은
모자 관계를 형성합니다

열 달 동안 쑥쑥 자란 두상으로
모자는 완성됩니다

펠리컨

늙은 새가 주둥이를 벌리자 몸집 큰 새끼들이 달려와 먹
이를 쪼아 댄다 한 녀석은 꼬리 깃털을 세차게 휘저으
며 부리를 목구멍까지 집어넣는다

어미가 아니었다면 견딜 수 없는 일

탄성 잃은 입주름을 끌어당겨 주둥이를 크게 벌려도 꺼
내줄 수 있는 건 토사물뿐, 새끼들의 부리가 한 방향으
로 길어지는 날들이다

어미의 입만 바라보는 새끼들 몸집은 갈수록 비대해져
가고 늙은 주둥이는 오래 다물어지지 않는다 삼킨 먹이
를 역류해내는 멸종 위기의 서식 풍경,

어미는 삶의 가장 쓰린 식도염을 앓는 중이다

스카라베우스*

길의 역사는 냄새로부터다

아버지, 말(言)의 배설물을 어디서부터 굴리고 왔나요

한 말을 또 하고 또 하는 숱한 말의 세계

당신은 경단 같은 그림자 안쪽에서

동그랗게 몸을 말았다

배설하는 자들은 따로 있는 법,

가장 곤욕스런 길은

아버지와 함께 대문을 나서는 날이었다

말의 흔적을 찾지 못하고 침묵하는 걸음에서

기하학적인 바람이 불었다

냄새의 각도에 따라 갈 길이 정해지는 시대

신화를 상속받은 가장들은 머리를 굴리고 눈동자를 굴
리고 바람 빠진 바퀴를 굴려야 한다 둥글게 지나간 자리
가 길이 되기까지, 아무렇게나 퍼질러 놓은 말들이 뭉쳐

---

* 스카라베우스: 말똥구리를 의미하는 라틴어. 고대 이집트에서는 말
똥구리 모양의 도장이 부적으로 사용되고 상속되었다.

질 때까지 더부룩한 하루를 맞닥뜨려야 한다

돌아온 길이

양각의 주름으로 새겨진 아침

코끝에 붉은 인주 묻은 아버지가 대문을 나선다

가장 냄새나는 길을 골라

태양을 굴리고 간다

오리너구리

어미의 주둥이를 달고 태어났습니다
이 나라 사람과 생김새가 달라 눈길을 끌죠
청국장 끓는 소리에 군침이 돌고
사투리 때문에 밀양 촌놈 소리를 들어도
베트남계 혼혈인이어서 토종이 될 수 없습니다
꽥꽥거리지 못하는 오리 주둥이를 떼어 내고서
너구리 무리에 섞여 굴을 파고
그 깊은 보금자리에서 새끼를 키우며
볼주머니가 터지도록 먹이를 저장하고 싶지만
삐죽 튀어나온 가난의 유전자,
오리도 너구리도 아닌 희귀한 모습으로
겨울을 서식하고 있습니다
뒤뚱거리며 줄지어 입국을 하는 오리 떼
아비의 몸으로 쫓아가는 저녁
아무리 걸어도 제자리 주둥이만 길어집니다
저지대 너구리가 배곯은 어미의 나라를 들먹이며
구겨진 지폐 몇 장,

볼주머니에 넣어 줍니다

주둥이를 벌리면 새어 나갈 하루의 품삯

꾹 다문 주둥이 위로 어둠이 쌓입니다

청국장 끓어 대는 가정식 백반집

창밖엔 오리털처럼 푸근한 눈이 내리고

뚝배기를 말끔하게 비워 낸 나는

흠집 난 주둥이를 물수건으로 닦아 냅니다

검은 악보

우주가 검은 건 어둠이 아니라고 하지

나는 피아노 학원을 다닐 때부터 콩자반을 좋아했다
머리가 흰,
동네 할아버지들이 무서워 마디 밖으로 다녔지
종이와 눈사람과 가루약이 없는 세상에서
검은 옷을 입고 살았다면,
이라고 쓸 적마다 연필심은 부러지고
혼자 발톱을 깎았다

그것은 그림자를 자라나게 하는 일

흑조를 보고 온 날
마스카라를 사고 까만 눈물을 갖게 되었다
흑해는 아주 먼 바다였지
세계 지도를 펼쳐 흑채 한 통을 뿌리면
겨울비가 내렸다

아스팔트는 상습적으로 얼었고
백미러는 블랙 아이스를 조심하라고 했지

말은 깊을수록 검은색을 띠지

까마귀가 되고 싶은 밤들
간혹, 눈을 감고 점이 되기도 했지만
먹물은 차지 않았다
우주는
인간의 손으론 칠 수 없는 물질로 이루어졌다고 하지
손가락이 백 개였다면 어땠을까

블랙리스트에 올랐겠지

습작기

가슴 큰 여자를 질투했다 소처럼 우는 일이 많아 눈물은 짜지 않고 얼룩만 졌다 해 질 녘이면 귀에서 종소리가 들리고 비빌 언덕이 없는 겨울엔 가죽 부츠를 꺼내야 했다 누군가 고삐를 쥐고 있는 것처럼 이리 저리 끌려 다니다가 맑은 눈동자를 보면, 그게 별일지라도 치받을 궁리를 했다 온 생을 바쳐 갈아엎고 싶은 배짱이 생기기도, 밤새 행갈이를 하며 비문을 되새김질하기도 했다 등급을 매기는 당신에게 설탕 대신 소금을 넣고 실수인 척 사과를 하고 저 푸른 초원 위에 그림 같은 집을 짓고* 소금 한 주먹을 뿌리는 상상을 했다

한 백 년,

염전 같은 이면지로 둘러싸여 있었다

물을 먹던 날들이었다

---

* 가수 남진의 '님과 함께' 가사.

폭식증

누군가 쫓아왔다 때가 되면 위장僞裝을 하고 위장을 늘렸다 속도가 빠른 마음, 한 번도 포만감을 느껴본 적 없어서 밤은 서둘러 오는 것인가 배가 고프다는 것을 알았을 땐 이미 왼발이 오른발을 넘어선 후였다 후식은 없고 한 길의 식후만 있었다 로데오거리와 육교와 먹자골목을 먹어 치워도 허기는 달래지지 않고 습관성 정체 구간, 명치가 막히면 바늘로 손끝을 찔렀다 신속하게 배달시킨 오늘을 죽을힘을 다해 게워냈다

다시, 먹고 살아야할 이유가 생겼다

살과의 전쟁

삼백육십오일 다이어트입니다

한 번도 살을 생각하지 않은 적이 없습니다 살아, 살아, 저울에 올라가 살아있는 것의 무게를 잽니다 초고도의 폭탄, 혼자 길을 걷다가도 빵 터질 때가 있습니다 당신들의 눈동자 속으로 들어간 뱃살, 팔뚝 살, 볼살은 수습 불가입니다 그럴 때마다 쥐구멍으로 들어가 숨고 싶지만 내겐 너무 작은 구멍입니다 목은 사라진 문명, 빗물을 받아낸 쇄골은 진시황의 무덤처럼 유적으로 남았지만 예민하지 않습니다 불로초를 먹지 않으니까요

퇴적하는 오늘을 감싸듯 숟가락을 쥐는 감정
삼백육십오일 먹습니다
저울의 눈금은 한계를 넘었고
살 깊숙이 다이너마이트 상자를 숨겨놓습니다
위험한 삶입니다

비만

거울은 비좁은 공식

(덧셈은 쉬운데 뺄셈은 어렵다) 괄호 안의 식을 대입하며 숫자를 더한다 무게에 눌려 야식을 더하는 날엔 밤은 무한대로 흐르고 정육면체 치킨 무만 남는다

아침은 버릴 것인가

모든 문제는 죄다, 뺄셈으로 이뤄졌다 빼기를 못하는 것은 이 시대의 비극, 비 사이로 막 가는 당신은 나를 징그러운 눈으로 쳐다본다 스멀스멀 오늘의 정수에서 스물을 더하면 근의 공식 따윈 외우지 않아도 되겠지 마이너스 통장을 만들거나 삼십 센티 자를 장롱 밑에 숨기지 않아도 되겠지

채점을 한다 나는 틀린 게 아니라 다른 무게인 거라고 말하고 싶지만 거울에 비친 창밖은 같은 식으로

비만 내리고

몽중인
—개꿈

내 이름은 순합니다

아침은 시리얼, 사료 씹는 소리가 나고 애인에게 차인 뒤로는 목이 허전해 스카프를 감고 다닙니다 나는 어제처럼 저녁을 먹고 산책을 합니다 발바닥에 땀이 나도록 걷지만 큰길은 건너지 못합니다 어딜 가도 원룸 근처, 친절한 손짓과 밥 먹자는 사람을 경계합니다

철창 없는 바깥은 불안합니다 꼬리치고 다니지 말라는 환청이 들릴 때면 요의를 느낍니다 어제 본 내가 중심으로 돌아와 이별의 영역을 표시하는 밤

길들거나 길들이거나, 이갈이를 합니다

내가 바라보는 곳마다 꽃이 피었다,
이것은 꿈속에서 받은 문장

이젠 해몽 책을 뒤적거리지 않습니다

마우스피스를 뺍니다

길음동

옥탑방은 빙산의 일각이었다

얼음과 어름 사이를 지나 어른이 되었을 때, 길음역에서
기름을 걱정하다 길을 잃었다 북극곰은 집이 없고 나는 털
이 없어 발을 동동거리는 추운 밤, 따뜻한 방에서 사는 이
들은 겨울을 몰랐다 양말을 벗어 창가에 걸어두고 함박눈
을 기다렸다

봄은 녹지 않는 집을 가진 자들의 계절,

에스키모가 떠난 이글루에서 좌표를 그렸다 이 얼음집
이 녹아내리면 이면지 한 장에 몸을 싣고 동동洞洞 떠다녀
야 할 것이다 어느 곳에 닿아도 기름을, 길 잃음을 걱정해
야 하는 북극일 것이다

북위 육십육도 삼십삼 분, 정의와 신념과 권리는 한계선
을 넘었다

빙산의 일각, 쪽창을 연다 북극곰 잠자리가 무덤이 되지
않길 바라며 붉은 십자가 가까이 언 손을 가져다 댄다 피
가 뜨거워지는 밤

마음이 거꾸로 탄다

큐브 게임

오늘은 회전하는 색입니다

모두 노랗다고 말할 때
누군가는 빨갛다고 말하는 공식
용기 없는 외톨이들은 염색 전문점으로 들어가고
신문지로 탈색된 색을 숨기거나
철새를 키우는 먼 각,
다리 난간 밑에 신발을 벗어두기도 합니다

이 색과 저 색이 만나면 돌연변이 색깔이 태어나고
한 지붕 아래 많은 색이 뒤섞여
밤이 되는 건축의 구조

바람은 교차하는 색입니다
어깨와 어깨가 맞물려 도는 사거리
우리는 침착한 흔적을 가진 조각들
채도 짙은 여자가 지나가면 고개가 돌아가고

단칸의 밤,

앞뒤 좌우 위아래 체위를 바꿔가며

지구의 자전 소리를 듣습니다

도를 아십니까

길은 본색을 찾아가는 과정

그러다 길을 잃으면 색맹이 되는 놀이

당신과 나는 다른 색을 가졌으므로 걷습니다

이 면 저 면,

세상은 알록달록한 힘으로 돌아갑니다

제
4
부

토구土狗

나는 삽 한 자루를 가지고 부화했다
밤늦도록 땅을 파며 놀던
나의 멱살을 쥔 아버지처럼 손아귀 힘이 강해 진다
파도 파도 배고픈 날들
밥그릇 수만큼 삽은 커다래지고
손톱은 삽날에 찍혀도 흠집이 나지 않는다
한 삽 한 삽 퍼 올린 흙더미에
아내가 딸려오고
부화한 새끼들이 배고픈 줄도 모른 채
흙가루를 날리며 웃어 댄다
움켜쥐는 법을 터득한 후 빨라진
삽질의 속도,
밥그릇이 쇳소리를 내며 바닥을 드러낸다
바다가 한눈에 들어오는 산자락
수평선 안쪽으로 각혈처럼 노을이 고인다
세상이 한 삽 가득 어둠을 떠먹는 시간
갈기를 세운 사자자리 별똥별에

어깨는 움츠러들고

삽자루를 쥔 흙투성이 손은 굳어 펴지질 않는다

이제 삽을 내려놓아야 할 때

한평생 파놓은 깊고 어두운 구덩이

겨우, 내 한 몸 뉠 자리다

높은산저녁나방

긴 겨울을 보냈다

낮은 지대에서 막일을 하여 높이를 더한 그는

한 층 한 층, 고된 숨을 쉬며

떡갈나무 우거진 갈산동 주공아파트

맨 꼭대기 층까지 올라갔다

한 마리 나비로의 완전 변태를 꿈꾸던 나날

등으로 엎어 놓은 어둠을 펴는 저녁이면

호접蝴蝶보다 화려한 도시의 야경을 휘감고

연갈색 탄성을 내뱉었다

날마다 층수를 높이는 세상

허공을 오르다 우화하는 베란다 창에서

작고 추레한 날개를 맞닥뜨린 후

자신이 나비가 아니었음을,

아파트 맨 위층이 봉우리가 아니었음을

그는 성충이 되고 알았다

방역차 꽁무니를 따라 별들이 떠오르는 여름

독 기운 퍼진 날개를 활짝 편

나방 한 마리,

떡갈나무 향이 밴 천장을 향해 몸을 날린다

형광등 빗장으로 환하게 걸어 잠긴

산문山門을 두드린다

쑥

넓은 들판이었다

우물가 동백꽃도 다 떨어진 조용한 오후였다

먼 들판을 보고 있으면 입안에 쓴 물이 고였다 산 벚나무 환하게 눈을 뜨는 봄마다 어린 쑥의 시린 발꿈치를 어루만지던 어머니, 바위인 듯 봉분인 듯 살아온 세월만큼 더딘 걸음으로 자리를 옮겨갔다 당신의 갈라진 손끝은 푸른 물이 배고 대소쿠리는 이른 봄으로 묵직했다

쓰디쓴 봄의 흔적을 지우고 쑥 꽃 피던 날, 햇빛을 등지고 웅크린 어머니, 내 가슴 깊은 곳에서 된장 뚝배기가 끓고 찰진 떡 치대는 소리가 났다

엄마 엄마 부르면
꽃대 같은 고개를 들어 낭창거리고
월남치마를 동이듯 잡으며

다시금 몸을 숙이던 유년의 어느 저편

까막눈 당신은 저물도록 대지를 읽어 내려갔다 추운 겨
울을 견뎌낸 쑥이 눈물 콧물에 버무려지고 있었다 개구리
우는 논두렁을 지나 산 벚꽃 흩날리는 들판을 내달리다 넘
어진,

어린 무릎에 쑥물 든 시절이었다

매화

사립문 밖 먼 길에 해가 저뭅니다

댓돌 위 흙 묻은 신발이 아들 내외 그림자를 따라 신작로를 걸어갑니다 걸음걸음 길 잃은 새떼를 불러 모으는 저녁, 옹이진 어깨가 어둠 속으로 기웁니다

목 꺾인 수숫대를 휘돌던 바람이 멀어지는 길을 지우는 사이, 백구가 신 한 짝을 물고 토방에 엎드립니다

문고리를 쥔 기침 소리에 놀라 잠에서 깬 갓난쟁이, 동녘은 별자리마다 꽃눈을 틔우고 토담 너머 그믐달이 쉰 목청으로 자장자장 어르고 달래 주지만 새하얗게 질린 얼굴로 울어 대는 젖먹이

조그만 입속에서
아직 피도 마르지 않은 연한 입속에서
매화 향 짙게 퍼지는 봄

시디신 울음이 사립문을 열고 신작로를 넘어가면 청매실 익어가는 아침이 올까요

쇠부엉이가 깊은 숨을 얹어놓은 마당귀, 휘어진 늙은 가지에서 자지러지게 매화 피는 밤입니다

오포리에서

강구 오일장, 초입에서부터 욕지기가 나왔다

아이들은 은멸치 떼처럼 몰려다니고 나무 궤짝 안의 동태눈이 봄볕에 녹고 있었다 바다를 향해 벌어진 입에서 짜디짠 한기가 흘러나와 마수걸이를 못한 상인들의 발목을 적셨다

물미역, 파래, 청가사리 물결치는 장터

아버지의 봄은 오 일마다 찾아왔다 겨우내 얼어있던 빈 속을 늦김치와 더운 밥 한 덩이로 채운 오후, 나무 도마에 칼질 소리 쌓이고 토막 난 바다가 장바구니 가득 넘실거렸다 저 멀리 선착장 너머로 해는 이울고 동태의 내장을 모두 끄집어낸 가장, 자리를 털고 일어난 생의 바닥이 해동된 비린내로 축축했다

이제 아버지의 내일은 닷새를 지나야 한다

갈무리 한 짐을 손수레로 끌고 가는 뒷모습 그 쓸쓸한
우수리는 장터에서 나고 자란 바람의 몫이었다

봄 바다가 덤으로 얹혔다

재첩잡이

섬진강 물결을 닮은 아낙들
수면을 훑는 왜가리 울음과 산허리 꺾이는 소리를
고무대야에 담고
흐르는 강에 빈 젖을 댄다
윤슬을 걷어 올려 탁한 기억을 가라앉히고
가만가만 강의 속살을 더듬으면
지난날은 얕아지는 여울목을 돌아나가고
재첩의 숨이
쇠갈퀴 잡은 손을 간질이는 것이다

사흘에 한 번씩 물 빠질 때를 기다리는 일
샛바람을 등에 업은 채
허리를 구부려 속을 비워내고
욕심 없는 손 노릇으로 모래 바닥을 자작거리는 일
발목을 쥔 한기에도 흔들리지 않고
단풍이 회목을 돌아 물살 깊이 번질 때까지
묵묵히 강바닥을 들여다보는 일

재첩 잡는 일은,
뜨끈한 뚝배기 한 그릇을
저녁상에 올려놓기 위함만은 아닐 것이다

철교 너머 강변 마을,
재첩 껍데기 같은 집집마다 석양이 들고
강 한복판에서 잔잔하게 물 주름진 아낙들

섬진강의 젖줄이 되어 흘러간다

명태

삼천포항 남해식당 메뉴는 생태찌개 한 가지다

늙은 여주인은 오늘 팔 한 궤짝의 생선을 육두문자로 손
질한다 도마가 움푹 파이도록 칼질을 해도 비린내 나는 바
닥 벗어날 길 없다며 어두운 지느러미를 내리친다

해로를 잃은 배 한 척, 삼천포 앞바다에 남자를 내어주
고 그녀는 오살할 명태를 도마에 올렸다 긁어낸 내장과 대
가리를 그러모으는 밤이면 삼천포대교를 건너지 못한 날
들이 뚝배기에서 진한 국물로 끓어올랐다 살점을 발라낸
초승달이 눈시울에서 오래 따끔거렸다

끼니때가 되자 넘실거리는 식당 안, 창난젓 명란젓 서거
리젓 사이 곰삭은 욕을 밥술에 얹어먹는 간간한 하루, 싱
거운 농담들은 삼천포로 빠지고 닻을 올린 손님상마다 뱉
어낸 토막 뼈가 수북하다

어느 것 하나 버릴 게 없는 생이다

칼바람 부는 남해식당 앞, 한 소쿠리의 가시가 삼천포
일대 길고양이를 키운다

가늠

유부초밥을 상상한다 마음으로 먹은 것은 간음이라고 배웠다 몰래 먹다 체하면 손가락을 집어넣어서 게워 냈다 눈물과 함께 나오는 것은

간절한 음식

(정사를 끝낸 후 배가 고프면 죄일까, 아닐까)

소리 나는 대로 초밥을 만든다 수치스러운 모양들,

헛배가 부른다거나 목구멍에서 시큼한 게 올라온다면 고난과 참회의 시기, 유부 안으로 들어가려면 뭉개져야 한다 한 세계가 찢어지지 않도록 내 몸의 알갱이들을 가만히 짓눌러야 한다

이웃 남자의 발자국 소리를 가늠하는 저녁

중심을 벌린다

구강 건조증
— 화구火口

내가 다시 친정으로 돌아왔을 때

아버지는 이가 빠지기 시작했다 침이 마른 입 속, 잇몸이 허물어져 재 가루가 날리는 자리엔 어둠이 텁텁하게 뿌리를 내렸다 백태가 낀 날들, 길고 긴 통증의 그림자를 부축하지 못한 나는 송곳니였다

마그마같이 뜨겁게 올라오는 화를 누르고 빠진 이를 손바닥에 올려놓은 채 물끄러미 나를 바라보는 아버지, 한마디 한마디 고된 기억을 붙들고 자그마한 어깨를 들썩거린다 탈진한 말들을 입에 담고 말라버린 화구,

나는 당신의 침샘이었나

역전

지고 있었다
역전의 용사들은 구석에 몰린 경험을 가지고 있다

지는 것이 이기는 길이라던 아버지가 역전 다방에서 허리를 꺾은 채 흔들릴 때도 기차는 역사를 빠져나가고 있었다 부러진 가지 끝에서 걸음을 재촉하던 종착역, 커피가 식어가는 동안 꽃은 시든다는 것을, 상처를 안고 사는 용사들은 알고 있었다

그렇게 봄은 지고 있었지만 그날은 지고 있어야 이길 수 있는 계절이었으므로, 다방을 나온 아버지는 역전 반대 방향으로 갔는지도 모른다 선로가 닿지 않는 길, 부르다 만 노래 한 곡조가 삼학도 파도 깊은 그림자가 되어 따라갔는지도 모른다

생의 무게를 이기고 서 있는 가지 많은 나무들처럼 용사

들의 어깨는 기울고 바람 잘 날 없는 역전 거리에 저녁이
기적을 울리며 찾아왔다

계절은 계절에게,
아버지는 아버지에게 눈물과 설움을 물려주었지만
이곳은 역전,
광장의 시계탑에서 약속은 이어지고
어둠은 지고 있었다

미로 증후군

담벼락과 전봇대 사이 취객이 비틀거린다면
이 지점은 잘못 들어선 막힌 길
좁고 어두운 골목에선
고양이와 쥐는 한 지붕 아래에서 산다
밤마다 나는 손톱을 기르고
당신은 꼬리가 길었다
볕이 들지 않는 쥐구멍 속 아이들이
앙칼지게 울어 대며 쫓기는 꿈을 꾸는 것은
이 골목의 내력

미로에 갇힌 이들의 증상은 같다 한쪽 어깨가 서쪽으
로 웃자라거나 명치끝이 자주 막힌다거나 옥상에 널어
둔 빨래가 항복하는 깃발처럼 보인다거나 비에 젖은 생
쥐 꼴을 하고서 얽히고설킨 초행의 경험이 있다는 것이다

이것은 출구에서 멀어지는 일,
넝쿨장미가 눈 하나 깜짝하지 않고 손끝을 따는

막다른 밤

번지수가 틀린 누군가는

전봇대를 붙잡고서 꼬리 잘린 노래를 부르고

누군가는 발톱을 세워 담벼락을 넘었다

아침이 되면

쩡하고 해 뜰 날이 돌아오곤 하였다*

---

* 가수 송대관의 '해 뜰 날' 노래 가사.

풀 스윙

9회말, 타석이다
나는 한 번도 선두에 서 본 적이 없다
수없이 방망이가 부러졌지만
빗맞은 공은 파울, 뒷그물을 흔들고
한 방 날리고 싶은 마음을 크게 들키고 나면
쓰리 아웃 체인지,
눌러쓴 모자 깊숙이 눈빛이 휘청거렸다
2할이 되지 못한 날들
저무는 하늘을 등지고 헛스윙을 할 적마다
한숨은 구장을 에우고 더그아웃 구석
배배 꼬인 그림자가 오래 풀어지지 않았다
쏟아지는 공,
포볼을 골라내 회를 넘길 때까지
몸을 던졌다 기습 번트나 데드 볼을 맞고 진루할 때면
원정 온 치어리더 머리 위로
국화꽃 같은 함성이 피어나곤 하였다
삼진으로 죽어 나가기에 알맞은

환절의 그라운드

2사 주자 만루 투 쓰리 풀 카운트

더 이상 물러설 자리가 없는 계절이다

나의 생사는 공 하나에 달렸지만

아직, 겨울은 오지 않았다

직구 뒤 변화구를 숨긴 세상을 향해

방망이 끝을 단단히 세운다

달팽이 집을 지읍시다

점점 작게 점점 작게

세상의 집은 작아졌죠 설계도는 필요 없어요 민달팽이 한 마리가 들어갈 만큼만 만들면 되거든요 집 없이도 살아갈 능력을 지니고 태어난 이들에겐 이 땅의 번지가 없죠 헐벗은 생을 가리는 가림막, 벽은 갈수록 얇아지고요

당신은 어디로 가나요 묻는 건, 분비물을 묻히는 일이에요 벌거숭이에게 세탁비를 지불해야 하는 일이에요

오늘의 문제로부터 풀리지 않는 민달팽이 세대, 연체延滯의 몸으로 바닥을 학습하는 그들은 쪽창 달빛으로 어둠을 풀어내고 가장 어려운 해법 속에서 꿈틀거립니다 채점을 마친 문제, 집엔 동선 없이 쉬이 지나간 풀이 과정만 있을 거예요

세상은 암기한 대로 달팽이 집을 짓고

점점 크게 점점 크게

고시촌의 태양은 떠오릅니다

해설·시인의 말

우리는 울 준비가 되었는가

정재훈(문학평론가)

> 글쓰기는 누구에게도 할 수 없는 말을 아무에게도
> 하지 않으면서 동시에 모두에게 하는 행위이다. (…)
> 너무 민감하고 개인적이고 흐릿해서 평소에는 가장 가까운
> 사람에게 말하는 것조차 상상할 수 없는 이야기를.

자신의 이야기를 글로 쓰기 위해서는 지금껏 눈에 잘 뜨이지 않았거나, 잊고 있었던 사소한 것부터 되돌아봐야 한다. 박은영 시인도 아마 마찬가지였을 것이다. 자신의 이야기를 시에 담고자 했던 시인은 그동안 익숙하게만 대했던 주변을 하나둘씩 되돌아봤을 것이다. 그러면서 일상에서 누군가와 아무렇지 않게 주고받던 상투적인 말들을 조금씩 의심하게 되었을 테고, 홀로 앉아서 시를 써야 하는 시간이 되면(주로 그 시간대는 '밤'이었을 것이다), 자신의 몸과 마음에 붙은 무미건조한 말들의 흔적들을 모조리 털어버리고 싶었을 것이다. 겨우 힘겹게 한 편의 시를 썼다고 한들 그 완성의 기쁨과 안도감이 여전히 마음 한 구석에 잔여물처럼 남아 있던 여운까지 지우지는 못했을 것이고, 아직 못다 쓴 습작을 눈앞에 둔 것처럼 다시 그 여운을 홀로 곱씹었을지 모른다.

행간과 여백 사이를 한참 동안이나 머뭇거렸을 손길이 그러했다면, 한 편의 시를 읽어나가는 눈길도 그만큼 진지해야 할 것이다. 박은영 시인의 첫 시집 제목인 '구름은 울 준비가 되었다'를 다시 잘 곱씹어 보자. 잔뜩 먹구름이 낀 하늘을 올려다보는 누군가의 걱정 섞인 눈빛과 마주칠 것 같기도 하고, 그렇게 같은 구름 아래에 있으니 비릿함이 느껴지는 습한 공기도 함께 들이마셔야 할 것 같다. 그 누군가가 당신의 눈앞에서 마치 저 하늘처럼 당장이라도 울 것 같이 보인다면, 가만히 옆에 앉아서 위로해 주기를 바란다. 그 사소한 배려가 이곳에 함께 살아가고 있는 자의 '마음'이 취할 수 있는 유일한 몸짓이기 때문이다. 이제 우리도 누군가가 "울분의 새벽을 블루 안쪽으로 감추고 / 질기게 버텨낸"(「인디고」) 소리에 귀를 기울여 보는 것부터 시작해 보자.

필자는 이 시집의 〈해설〉을 쓰기 전에 우연한 계기로 그것과 매우 유사한 소리(누군가가 질기게 버텨낸 소리)를 들어본 적이 있었다. 이번 시집에도 수록되어 있는 「모자이크」라는 시를 통해서였다. 세상의 가장 낮은 곳에서 하루하루 고단한 삶을 이어 나가고 있던 어느 모자(母子)의 파편화된 일상(인형에 눈알을 붙이는 부업의 장면)과 그로부터 깊숙하게 드리운 어둠의 굴곡을 마주하면서 당시 필자가 주목하고자 했던 이미지는, 바로 '입'(口)이었다. "조각조각, 조각조각 / 깍두기 먹는 소리"를 내는 이들의 '입'은 생존을 위한 목구멍이자, "문자로 도저히 형용할 수 없어서 '조각조각'이라고만 헐겁게 대체된 '문자 너머의' 소리"가 나오는 숨구멍이었다. 당시에는 많은 지면이 허락되지 않아서 상세한 언급을 하지는 못했지만, 필자는 이러한 구멍이 '생활'과 '시 쓰기'라는 상반된 행위 양식이 뒤섞인 시인만의 이중적인 삶을 의미하는 것이라고 생각했었다.

지금껏 박은영 시인은 그 '입'으로부터 갑작스럽게 튀어나온 소리들에 귀를 기울여왔고, 그것들을 조금씩 자신의 시로 옮겨 적었다. 「모자이크」를 비롯해 이번 시집에 실려 있는 여러 시편들은 시인이 누군가의 '입'에서 전해 들었던 적이 있는(아니면, 시인 스스로 내뱉었을지도 모르는) 소리들로부터 나온 것들이다. 그 낮고 어두운 목구멍 / 숨구멍에서 내뱉어진 낯선 소리는 안온한 일상에서 자연스럽게 쓰이는 일체의 정돈된 말들과는 전혀 다른 음질을 지녔으며, 쉽게 소화하기 어려운 '날것'에 보다 더 가까운 것이었다. 특유의 무늬와 이질적인 형태는 마치 "돌연변이 색깔"(「큐브 게임」)로 한껏 치장된 "건축의 구조"와도 같았다. "모두 노랗다고 말할 때 / 누군가는 빨갛다고 말하는 공식"이 이곳에서 살아남을 수 있는 유일한 방법은, 혹독한 환경으로부터 자기 자신을 지킬 수 있는 구조('몸')를 지니는 것뿐이었다.

　　무거운 모자가 걸어갑니다

　　모자의 무게는 코끼리 한 마리를 더한 값
　　태평양을 건너갈 뱃삯을 구할 때까지
　　모자의 위장은 만삭,
　　배부른 모자는
　　먹이의 태동을 겪어내야 합니다

간혹, 뒤집어진 풍뎅이처럼

버둥거리는 모자를 만날 때가 있습니다

위장의 깊이만큼 허기가 도는 세계

가난한 모자는

부자가 될 수 없으므로 태몽을 꿉니다

봉분이 될 때까지

운명을 눌러쓰는 법을 터득해야 합니다

그늘을 분비하며,

한 몸이 되어 걸어가는 보아뱀과 코끼리

머리의 위치가 달라 서로 다른 곳을 바라보지만

무겁게 눌러쓴 길을 밀고 당기는 사이

모든 먹이사슬은

모자 관계를 형성합니다

열 달 동안 쑥쑥 자란 두상으로

모자는 완성됩니다

— 「모자의 완성」 전문

위 시에서 "위장의 깊이만큼 허기가 도는 세계"는 우리들이 살고 있는 이곳을 가리킨다. 이곳은 끊임없이 경쟁만을 강요하는 난폭한 세계이며, 진지하게 삶을 성찰하고자 하는 상상력이나 이야기들을 무용한 것으로 취급하기 일쑤인 극히 빈곤한 세계다. 이런 세계에 살면서 굳이 시를 쓰려는 이유는 무엇

일까? 그것은 더 인간다운 세계를 향한 상상을 시도하는 것이고, 세상이 정해놓은 선(線)을 밟고 저 바깥을 향해 발을 내미는 용기를 발휘해 보는 것이다. 어른들의 빈곤했던 삶을 아름다운 상상으로 채워 넣었던 '어린 왕자'를 떠올리면서 위 시를 감상해 보는 것도 괜찮은 방법일 것이다. "한 몸이 되어 걸어가는 보아뱀과 코끼리"에게 과연 천적이 있을까? 이처럼 시인이 떠올린 상상력과 과감한 용기로 시작(始作/詩作)된 시가 '돌연변이'라면, 적어도 이 정도 급은 되어야 하지 않았을까 싶다.

뱀과 코끼리를 마치 '한 몸'으로 합성시킨 상상력은 이곳 세계의 통념으로는 도무지 따라잡기 어려운, 진화 과정의 열쇠라 할 수 있다. 이곳이 정한 규칙으로부터 끊임없이 벗어나려는 시의 행보는 언제나 그랬듯이 거침없는 보폭을 보여 왔다. 고단한 삶을 살아왔던 누군가의/시인의 행적을 "무겁게 눌러 쓴" 시일수록 그만큼의 상당한 에너지가 내부에 작용했을 것이고, 그 안에 담긴 말들의 형상 또한 자연스럽게 이전의 그것과는 전혀 다른 모습으로 변형되었을 것이다. 이렇게 만들어진 시어들은 서로 "밀고 당기는" 과정을 거치며, 의미의 기하급수적인 확장성을 보여준다. 시는 계속해서 "그늘을 분비하며" 진화한다. "쑥쑥 자란" 말들이 "머리의 위치가 달라 서로 다른 곳을 바라보"는 듯 보이겠지만, 그 시선의 종착지는 언제나 일상 너머에 있었다.

박은영 시인의 시편들 가운데 어떤 시들은 그 말들이 분비하는 '그늘'의 농도가 상당히 짙었다. 그만큼의 농도를 얻기 위해서 "몸의 가장 낮은 곳에서 방언을 듣던 밤들"(「장미의 습도」)을 숱하게 보내야 했을 것이다. 그렇다고 이 '밤'이라는 시간이

무조건 "완성"된 시를 보장하는 건 아니었다. 고독한 밤이 지나면, 다시 분주한 한낮이 오듯이 시인은 다시 일상이라는 길에 내몰렸다. 이곳에서 '시인'의 정체성을 지킬 수 있는 유일한 행동 방식은 귀를 기울이는 것뿐이었다. 벗겨내도 또다시 생겨나는 "굳은살"(「모태 신앙」)처럼, 길을 걸으면 걸을수록 곳곳에서 누군가의 소리들(견뎌내는 소리, 비명소리, 한숨소리 등)이 시인을 붙잡았기 때문이다. 누군가의 삶은 시인보다 더 낮은 데에도 존재하고 있었고, 그렇게 세상에서 '가장 낮은 곳'일수록 그늘은 더욱더 짙은 색을 띠고 있었다.

> 길의 역사는 냄새로부터다
> 아버지, 말(言)의 배설물을 어디서부터 굴리고 왔나요
> 한 말을 또 하고 또 하는 숱한 말의 세계
> 당신은 경단 같은 그림자 안쪽에서
> 동그랗게 몸을 말았다
> 배설하는 자들은 따로 있는 법,
> 가장 곤욕스런 길은
> 아버지와 함께 대문을 나서는 날이었다
> 말의 흔적을 찾지 못하고 침묵하는 걸음에서
> 기하학적인 바람이 불었다
> 냄새의 각도에 따라 갈 길이 정해지는 시대

신화를 상속받은 가장들은 머리를 굴리고 눈동자를 굴리고 바람 빠진 바퀴를 굴려야 한다 둥글게 지나간 자리가 길이 되기까지, 아무렇게나 퍼질러 놓은 말들이 뭉쳐질 때까지 더부룩한 하루를

맞닥뜨려야 한다

　돌아온 길이
　양각의 주름으로 새겨진 아침
　코끝에 붉은 인주 묻은 아버지가 대문을 나선다
　가장 냄새나는 길을 골라
　태양을 굴리고 간다

　　　　　　　　　　　　　　　　―「스카라베우스」 전문

　위 시에서는 '막일꾼'(굴리는 행위로 봤을 때 그러하다)인 아버지의 힘겨웠던 일과가 주된 밑그림이지만, 시를 쓰는 과정도 이와 무관하지 않다. 아직 해가 뜨지 않은 새벽의 어스름을 배경으로 어제처럼 똑같이 "말(言)의 배설물을" 굴리며 하루를 시작하는 아버지의 노동과, 시를 써 나가는 행위는 사실상 동일한 출발점에서("함께 대문을 나서는 날") 시작한다. 녹록치 않은 생활을 견디며 끝내 "말의 흔적을 찾지 못하고 침묵하는 걸음에서" 엿보이는 시인의 뒷모습이, 용역 시장에 갔다가 일거리를 찾지 못해 결국 집으로 되돌아올 수밖에 없었던 아버지의 "곤욕스런" 표정과 겹쳐 보인다. "더부룩한 하루를" 꾸역꾸역 소화해야 하는 데에서 전해지는 묵직하고도 지독한 삶의 무게가 이들 부녀(父女)만이 짊어져야 할 몫으로 남아 있다. 이들에게 너무나 쉽게 안부를 묻던 "숱한 말의 세계"에서, 또 누군가가 "아무렇게나 퍼질러 놓은 말들"을 견뎌야만 했던 일상에서 이들의 "코끝"은 남들보다 더 예민해질 수밖에 없었을 것이다.

위 시에서 주목할 부분은 "냄새"다. 앞서 「모자이크」에서 보았던 모자의 청각적 예민함이 여기서는 부녀의 후각 영역으로 옮겨진 듯하다. "길의 역사는 냄새로부터다"라는 선언이 후각의 지위를 최하위에서 최상위로 격상시킨다. 일반적으로 '냄새'는 차별을 부각시키고 그에 따른 신분의 격차를 부각하는 데에 흔히 쓰이는 감각적 도구이기 때문에 시인의 이러한 의도는 충분히 달성된 듯하다. "냄새의 각도에 따라 갈 길이 정해지는 시대"의 냉혹한 규칙은 부녀를 비롯한 이곳의 모든 약자들을 "가장 냄새나는 길"로 내몰았다. 시인은 분별없이 남용되는 말들의 쓰레기 더미를 경계로 삼아 가난한 생존기를 극단적으로 부각시킨다. 물론 이렇게만 본다면, "배설물"이 가득한 세계를 향한 시인의 적대감이 물씬 풍기지만, 다른 위치에서 맡아보면 조금은 다른 상상도 가능해진다.

콜롬비아의 아마존 우림 지대에 사는 '데사나 족'은 자신들을 위라(wira)라고 칭했는데, 이는 '냄새 맡는 사람들'이라는 뜻이라고 한다. 그들은 냄새란 단순히 코를 통해서가 아니라 온몸을 통해 감지되는 것이라고 생각했다. 냄새는 이들 종족이 가진 도덕적 규범의 가치를 감각적으로 느낄 수 있게 하는 매개체인 것이다. 우리가 흔히 생각하는 세계관과 전혀 다른 관점을 지닌 이 종족의 경우만 놓고 봐도, 이들 부녀의 예민함이 지나치게 과장된 것으로 보이지는 않는다. 위 시의 마지막 구절인 "태양을 굴리고 간다"라는 말에서 볼 수 있듯이 이들은 이곳과는 전혀 다른 세계를 꿈꿔왔는지도 모른다. 비록 더럽고 냄새나는 '똥'이라도 언젠가는 이것이 비옥한 땅을 만드는

데 유용한 거름이 되는 것처럼, 이곳에서 외면 받던 시인의 저 '검은 색을 띠는 말'(「검은 악보」)들도 황량하고 거친 이곳을 다시 비옥하게 만드는 데에 유용하게 쓰일 날이 반드시 올 것이다.

필리핀의 한 마을에선
암벽에 철심을 박아 관을 올려놓는 장례법이 있다
고인은
두 다리를 뻗고 허공의 난간에 몸을 맡긴다
이까짓 두려움쯤이야
살아있을 당시 이미 겪어낸 일이므로
무서워 떠는 모습을 찾아볼 수 없다
암벽을 오르던 바람이 관 뚜껑을 발로 차거나
철심을 휘어도
하얀 치아를 드러내며 그저 웃는다
평온한 경직,
아버지는 정년퇴직 후 발코니에서 화초를 키웠다
생은 난간에 기대어 서는 일
허공과 공허 사이
무수한 추락 앞에 내성이 생기는 일이라고
통유리 너머의 당신은 그저 웃는다
암벽 같은 등으로 아슬아슬 이우는 봄
붉은 시클라멘이 피었다
막다른 향기가
서녘의 난간을 오래 붙잡고 서있었다

발아래 아득한 소실점

천적으로부터 훼손당하는 일은 없겠다

하얀 유골 한 구가 바람의 멍든 발을 매만져 준다

해 저무는 발코니,

세상이 한눈에 보인다

———「발코니의 시간」전문

무언가를 이야기하기 위해서는 이제껏 흘려보냈던 익숙한
것부터 되돌아봐야 한다. 익숙함을 거두고 다시 위 시를 보자.
집을 '안'과 '밖'으로 구획해서 본다면, 저 '발코니'는 안인가, 밖
인가? 발코니를 온전히 집 안이라고 말하기도 어렵고, 그렇다
고 완전히 집 밖이라 단정할 수도 없다. 따라서 이 '발코니'라
는 장소는 간단명료하게 구획할 수 없는 곳이다. '입'이 시인의
이중적인 삶을 가리키는 것이라고 지적했듯이 발코니도 이중
적인 장소다. 위 시는 두 개의 장면이 겹쳐 있는데, 하나는 "필
리핀의 한 마을"이고, 다른 하나는 발코니에서 "화초"를 기르
는 "아버지"다. '행잉 코핀스'라는 이름의 장례 문화가 지금은
관광 상품이 되었듯이 우리는 이 첫 번째 장면에서 '관광지'와
'묘지'라는 이중적인 분위기를 쉽게 포착할 수 있다. 또한 발코
니에서 "화초"를 키우는 아버지의 뒷모습과 "난간"을 통해서도
인간의 '삶'과 '죽음'에 관한 문제의식이 "아슬아슬"하게 펼쳐지
고 있음을 볼 수 있다.

관광객에게 저 '암벽에 매달린 관'은 여행지에서 느낄 법한
하나의 이색적인 볼거리에 불과하다. 반면, 마을의 주민들은

예전에 자신들과 함께 살았던 이웃을 떠올리며 좀 더 복잡한 감정을 느꼈을 것이다. 더구나 사랑하는 이를 떠나보내야 했던 이라면, 더욱 그러하지 않았을까. 저 암벽에 걸려 있는 '관'들을 눈보다 마음으로 읽어왔던 이들이라면 굳이 누군가가 나서서 삶과 죽음에 대해 장황하게 설명해 줄 필요도 없어 보인다. 위 시에서 가장 강렬한 인상을 받았던 장면을 하나 고르라면, 필자는 저 "하얀 유골 한 구"를 스쳐 지나갔을 한 줄기의 "바람"에 대해 말할 것이다. 발코니에 서 있었던 아버지의 뒷모습을 상상하면서, 바람에 실렸던 엷은 시취(尸臭)를 떠올리는 것은 너무 지나친 감상일까. 어쩌면 누군가도 "통유리" 너머로 화초를 손질하는 아버지의 뒷모습을 바라보면서, 조금씩 탈색되어 가는 어느 이름 없는 존재의 뒷모습에 감춰져 왔던 빛바랜 이력을 다시 꺼내어 읽어보지는 않았을까.

필자는 위 시를 읽고 나서 문득 그 마을의 암벽이 어느 책의 한 페이지라면 어떨지 상상해 본 적이 있었다. 물론 거기에 걸려 있는 '관' 자체가 어떤 의미를 직접적으로 전달하는 것은 아니다. 키냐르는 책의 지면이 "하나의 거대하고 자유로우며 고대적이고 비현실적인 대륙을 일으켜 세우는 활동, 결말이 나지 않는 한없이 계속되는 활동"이라고 말한 바가 있다. 한 사람의 삶이 죽음 이후에도 여전히 남은 이들에게 기억됨으로써 '계속' 활동하는 것이라면, 저 거친 암벽을 배경으로 드문드문 걸려 있는 '관'들도 하나하나 독립적인 이야기이지는 않을까. 숱한 관광객 중 한 사람처럼 그냥 눈요깃거리로 넘길 수도 있었을 것이고, 독특한 장례 문화에 대해 백과사전식의 지식들을 갖다붙이면서 왈가왈부 떠들 수도 있었겠지만, 사실상 이러한 시선들은 "세상이 한눈에 보인다"며 모든 것들이 그저 쉽고 깔끔하게 정돈되어 있다는 착각에서 비롯된다.

　박은영 시인의 시들을 읽으면서 마음 한 쪽이 뻣뻣해지는 것을 자주 느꼈다. 그러다가 문득, 누군가가 울고 있는 모습이 떠오르기도 했다. 가까스로 참았던 울음이 마침내 터졌을 때, 그 이후에는 과연 무슨 일이 벌어질까. '이곳의 황량한 풍경에 너무 익숙해진 탓에 메말라 있던 눈에서 누군가가 흘리는 눈물이 희미하게 비친다. 상투적인 사과와 안부에만 길들여졌던 탓에 언젠가부터 늘 의심부터 해 온 마음의 문을 누군가의 울음소리가 두드린다.' 왜 이러한 상상을 하게 되었을까. 어쩌면 그 누군가가 '당신'일 수 있고, '나'일 수도 있으며, 그것도 아니라면 다른 누구도 될 수 있다는 생각이 들었기 때문일지도 모른다. 누군가가 울고 있다면, '마음'을 지닌 자로서 할 수 있는 가장 좋은 방법은 바로 똑같은 울음으로 응답하는 것이다. 누군가의 죽음에 대해서까지 무감각해져 가고 있는 이곳의 무시무시한 변이를 유일하게 막을 수 있는 방법은 그것뿐이다.

시인의 말

오래 기다렸다.

무릎으로 절망을 누르던 시간이었다.

생존 가능성이 희박할 때 기적은 일어난다.
그것은 신이 주신 선물이다.

신경외과 중환자실, 뇌출혈 수술 후 막내딸을 '엄마'라고
부르던 당신은 죄가 많아서 병을 지고 산다고 했다.

아니다.
당신은 무죄다.
죄가 있다면 못난 나를 낳은 것이다.
낡은 방석을 안고 골방을 나오는 당신에게
두부처럼
시집을 건넨다.

2020년 2월, 선박마을에서
박은영

실천문학시집선 279

구름은 울 준비가 되었다

2020년 02월 12일 1판 1쇄 찍음
2024년 05월 20일 1판 3쇄 펴냄

지은이   박은영
펴낸이·편집장   윤한룡
디자인   윤려하
관리·영업   이소연
홍보   고 우
펴낸곳   (주)실천문학
등록   10-1221호(1995.10.26)
주소   남양주시 퇴계원읍 퇴계원로 52 405호
전화   322-2161~3
팩스   322-2166
홈페이지   www.silcheon.com

ISBN 978-89-392-3047-7 03810